現代歌人シリーズ
6

暮れてゆくバッハ

岡井 隆
Okai Takashi

書肆侃侃房

暮れてゆくバッハ＊目次

装幀　毛利　一枝

帯装画　ADOLPHE WILLIAM BOUGUEREAU
A Soul Brought to Heaven; 1878

暮れてゆくバッハ

朝食のあとで

二〇一四年長月

記憶違ひはさう想ひたい欲念の素顔でもある　秋の風吹く

よみたらぬじやがたら文《ぶみ》や明易《あけやす》き（龍之介）

遺言《ゐごん》状つくるため来し帰り路《ぢ》にあしたの朝の食材えらぶ

富士郎経由の「バッハ以前の音楽」もて鬱の沼より足をぬくのだ

グラノーラの朝食のあと終らうとする百日紅《さるすべり》その紅を見にゆく

三日月や二匹つれたる河太郎（龍之介）

天に向き直立をするぼくの樹よお休みなさいな　夜が来てゐる

好きと嫌ひと

二〇一四年神無月

二月の発病の日より七箇月たつた

くり返し何を吐き続けたんだらう嫌ひな奴《やつ》を、といふことかなあ

いやッといふ人は居ないが好きといふ人は夕顔の白さで並ぶ

注釈の橋を渡して本文を渉《わた》らうとする秋暑き日に

休みなく咲き続けたるくれなゐを心の底に置きて昼寝す

すぐに足を組みたがる癖。種子なしのみどりにたゆき腕のばすとき

杢太郎の墓所はここだとむらさきの『亀のピカソ』が教へてくれた

松にまじりて傘寿皇后のピアノを聴く

二〇一四年霜月

インタビュー記事のファックス濤《なみ》打つて皇后ご誕辰の日は近づきぬ

幾つかの袋のどれかに横たはつてゐる筈なのだ可愛い耳して

ケータイの在りかをぼくので呼びあてる、弁証法の正と反だね

茂吉の本歌は皆知つてるよね。

ただ一つ残して置いた白桃《しろもも》をいま食べ終つたみたいな気分

日野原重明ドナルド・キーンら語り合ふその二列ほど後《しり》へにわれは

傘寿皇后弾き給ふピアノを聴かむとす超高齢の松《まつ》にまじりて

亡き弟の霊と対話しつつ過ぎた、手術の前と後

二〇一四年臘月

暫くだつたね。今はもう亡い君のことをこのごろまたよく思ひ出すのさ。君が八事《やごと》の聖霊病院で先天性脱腸の手術をうけたのはあれは十五歳だつたか終戦直後のこと十七歳のぼくは一度見舞に行つてシスターたちの立ち働くさまに見とれた。占領軍のために占領軍の作つた病院を日本人にも公開してたんだらうね。実は先日ぼくも老人性の鼠径ヘルニアの手術《オペ》を受けてね。術後眠れないままに横臥し

てゐると君がやつて来て無言のままぼくを見下ろしてゐる。ぼくは八十六歳、君だつて死んだのは七十一歳だつたから長髪はすつかり白かつたんだが不思議にぼくの病床を訪れて来る時はそんなに老けてゐないのだ。

手術は（看護婦さんの言ふ）簡単な手術だつたが術前検査がものものしくて脅えさせられてね。なにしろ心エコオや負荷心電図までやつた。循環器科医師の精査で大動脈弁の炎症が懸念されて術後暫くは抗生剤の点滴を受けた。君が胃癌で死んだ時とはまた医療事情も進歩しちやつてるからね。手術は全身麻酔《ぜんま》でするので百％安全つてわけではないと言ひ渡されてゐたから、ぼくはＭ信託銀行へ行つて遺言状を作つたりいはゆる終活に忙しかつた。ご承知のやうに家妻はぼくと年齢《とし》が離れてるんでね、ぼくとしても本気で自分の死後のことを墓の建立まで考へたよ。ほら中世の遊女が歌つてたぢやない「いかな山にも霧は立つ／御身愛《いと》しには霧がない、霧がない／なう、限《き》りがない」つてね。

手術室は地下一階にあつてね、歩いて行つた。前日入院した時もう左前腕静脈に針がさされ固定されてゐるから覚悟はしてゐたんだが、いくつもある手術室の一番奥で三人の外科医が手を広げて迎へてくれた。三人のうち一人が麻酔科医とわかつた。ベッドに横臥したらすぐに麻酔薬の静注《じやうちゆう》がはじまりあつといふまに眠つたから二時間後に手術室からの暗い道をストレッチャーに乗つて駈け抜けるまで何も知らないうちにすべて終り意識は混沌から次第に清涼へ向かつて行つた。十五歳の君の脱腸手術のときはたぶん局所麻酔《きよくま》だつたんだらうと今ごろになつて比べてみたりしてさ。

遊女は昔「降れ降れ雪よ／宵に通ひし道の見ゆるに」と歌つて、先程通つた道を降りかくすほどに雪よ降れと願つたが二時間前に歩いて降りて行つた道をまつ白な意識で駈け抜けるつてのも奇妙な切迫感があつてね。『閑吟集』のいふ通り「しやつとしたこそ男は好《よ》けれ」だと改めて気をひき締めたりした。

術後の一夜は寝苦しかつたが痛みのためではなくて一時間毎に自動測定される血圧心電図血中O_2飽和度のため前腕や下肢が帯で締めつけられそれが頭の横に置かれたモニター画面に青赤黄で表示されるのを見ながら寝てゐたためだ。それと尿道カテーテルの違和感。それも一晩で済んで一週間後には、すつかり安心した家妻につき添はれて退院した。その頃には君の霊はあらはれなくなつてゐた。もう一首遊女の歌を引いて置くかね。「左右ないこそ命《いのち》よ／情《なさけ》のおりやらうには、生きられうかの」ってんだが、「情」って愛情さ、生き続けるには誰かの、そして、誰かへの「情」がなくってはね。

もう一つ思ひ出したがぼくは医学部に居た頃外科の教授の口頭試問で偶然だが鼠径ヘルニアの嵌頓《かんとん》状況が当たつてしまつてね、そこだけ予習してあつたんで何とか答へてパスしたんだ。因縁話めいてきこえるだらうがあの時の教授の表情や手にもつたペンの動きまで憶ひ出せるつてのも不思議なもんだね。

術後二週間、患部に軽い異和が残つてぼくはほぼ癒えたんだ。遊女の歌で締めくくつて置かうね。「ひよめけよの、ひよめけよの／くすんでも／瓢簞《へうたん》から馬を、出す身かの、出す身かの」つて、ずゐ分現世肯定主義の歌だ。「ひよめいて」すごすことはこれからもあるまいが、まあ銀色の馬ほどには跳ねようかな。

小手術の前と後

田井安曇、十一月二日死去す

旧友がひそやかに逝きし二十日のちわが鼠径部にメスあてられつ

〈晩年を如何に過ぐすか考えしが成るように成ると決めて忘るる〉（田井安曇）

思ふやうにならぬがこの世君は逝きわれは刃の下に二時間を臥《ふ》す

全身麻酔《ぜんま》とぞいふありがたき忘却のからくりがありて安らいでゐた

酸素飽和度までモニターされて横たはる一夜といへど済みし安けさ

暗き通路を通りぬけ来て今がある尿路カテーテルの異和感残して

術後無事帰室した

安堵して悦ぶ妻のくちびるを見上げてゐたり点滴うけつつ

術前に読んでゐたのは誰だつたか術後異質な本が読みたい

出されたる軟菜食はことごとく食べてこれからにそなへむとする

「岡井隆はわれわれが持ち得た最善のモーゼ。但し、単独のモーゼだった。」（田井安曇）

たしかに共に出埃及《エジプト》はしたんだがカナンには実はまだ着いてない

術後八日、両陛下にご進講申し上げた、仕事始。

水稲と陸稲で鎌の刃の切れが違ふとぞ陛下説きたまひたる

＊想ひ人について

枕草子によると「心地などのむつかしきころ」に、「いひなぐさめ」てくれるのが「想ひ人」なのだといふ。「思ひ人」と「想ひ人」ではちよつと漢字の伝へるところが違ふみたいでもあるが……。平成二十五年十一月の大腸ポリープ内視鏡手術のときもさうだつたし、平成二十六年二月の急性胃腸炎のときもさうだつたが、単に「いひなぐさ」めてくれるだけでなく、細かいところまで指示し、支へてくれる家妻がゐた。わたしの年齢では「想ひ人」といふ語感はいささか現実感がうすいけれど、わたしはめぐまれてゐるといへるだらう。

看護師さんたちは「簡単な手術」と言つてゐたが、受けるわたしにしてみれば、手術の大小にかかはりなく、不安はつきまとふのだつたが、「想ひ人」のお蔭もあつて何とかのり切れたのだつた。

オフィチウム*を聴きながら作つた歌

*モラーレス他の聖歌たち

1

すべてをば許してしまふ大きな手昨夜《きそ》みえてたんだが　今は花蔭

花蔭つてなんの花かげ枯れ初めた大きな白がその手覆ひぬ

そのひまも確かに時は進むのだ失意と得意はその手のままに

大きその手の手背《しゆはい》なる血脈《けつみやく》の青さは今もわが目にのこる

2

美しい花ばかりあるわけぢやない雑草《あらくさ》は風のなかの寂しさ

3　手術の日を待ちつつ

らくらくとその日に達しその後の日がある筈だ　林檎園にも

パスワード使つてあけた部屋だつた北窓がしづかに微笑んでゐた

青森の生んだ林檎が刻まれるひる近きわがこころの部屋で

4

こんな虚偽が次々まかり通つても許せるのかといへば　許せる

こんな虚妄のドラマをお前はよく見るなあさう言ひながら見続けてゐる

5

部屋三ついや四つかな　書くために渡りあるけば怒る部屋もある

耳に手をあててテレビの歌声を聞く北窓の窓際、ソファー

矢印のままに素直にすすむならこの百合の香に酔ひつつ行かむ

6

鼠径部《そけいぶ》をひらく手術にBariquand《バリカン》が毛を剃るといふ　慮外《りよぐわい》のことだ

音といふ音は麻酔で消されゐて花園に臥すつもりでゐたい

銀行へなぜか術前に行つたのだ金《かね》だけでないゆとり生むべく

空白を乗せた列車

二〇一四年臘月

点滴をうけつつ仰ぐ空なのだ欅の黄葉濃く速く降る

松本健一死したりといふ!?空白を乗せた列車が着いた翌《あく》る日

鼠径部は恥部のとなりの創痕《きづあと》を日に二度診《み》に来主治医看護師

予定表にそれを書き込まうとしてゐたらその日は駄目よと低き声する

或る意味でそれも成り立つ。斜行して車庫に入りゆく単車を見ながら

窓外の黄葉にまじる高さよりしたたり落つる術後点滴

手術のため雨の中来た同じ道だ投票に来ぬ術後二十日で

ライヴァル考

ライヴァルつて言葉には他者を意識した妙に暗いこころが見えかくれしてそれもだよ数人の仲良し風のなかからだね一人を選んでるんだが表には出さないつてのが暗くて湿つぽいのだ　Rivalの語源を「同じRiverを使ひ合ふ」ところに求める一説は俗つぽいやうで案外綺麗だ　といふのも川を使つて何をするんだらうと思ふと漁もあらう周航もあらう商《あきな》ひも入るはなあ　場所が川つてのがいい

賀茂川を挟んで右岸と左岸があつて　その岸を右に左にわたり合ひながらあの川　賀茂の流れをライヴァルし合つたのでもあつた　特に敵地といふほどではないけれど京都はまあ故地でもなく生地でもなく

かすかに父親の暫く棲んだことがあるぐらゐの土地勘だけだつたの
だが今に到るまで荒神橋の橋とか左岸の岸とか　Riverゆかりの名称
がわたしのなかにはふかく刻まれてゐて無記名互選の会におけるライ
ヴァル探しの暗黒道の道行きのかすかな灯火となつてゐるのは確かな
のだよ

水仙と霜

二〇一五年睦月

霜といふ思想にやられたらしくある。水仙の花冠が荒《すさ》みはじめた
思想なんて死語を使ふのはどうかなあせめて〈詩想〉と緩《ゆる》めてみたら

常陸宮ご用邸より歌と共に届けられたる水仙ぞこれは

尖りたる葉の集約の頂《いただき》にあればこそなほ映ゆる花冠は

『一花衣《ひとはなごろも》』の批評書き継ぎやうやくに立ちあがりたるなんて知らゆな

緑葉は尖つてるから有効だペンで画きまたパステルで塗る

かりがねも白鳥《スワン》もごつちやに水に在る此の列島に俺も棲んでる

暮れてゆくバッハ

ヨハン・セバスチャン・バッハの小川暮れゆきて水の響きの高まるころだ

ものの見事に裏切られてはかくし持つ刃を握るとぞ薔薇は陰険

つひに此処まで来たのだとは思はねど限られて来た遁辞の甘さ

後ろから道を迫《せま》つて来るバスにおびえてしまふ　紅梅の花

意地の悪い夕日がひどくまぶしくて熊笹原のふちへ踏み込む

いろいろに考へてみてその果てにとつた行為は納まりがいい

聖《セント》イグナチオ教会の昼の鐘が鳴るむろんわたしを慰《なぐさ》めるために

男子厨房に入る時

厨房といふ房は、女人が入らうと男子が入らうと一人の人の支配する場所であり、そこに入る以上は、その主《あるじ》の命令の下に働かねばならない。料理には材料を用意する段階があるのだが、

泉の水かへし鰌《どぢやう》を今朝《けさ》は煮つ吾には二三疋多く分《わか》たる　土屋文明『山下水』

といふ場合の文明先生は、農園をもつて日々それを耕してゐたのであるから、料理の材料についてはそれを支配してゐた。泉の水を代へてとつたドヂヤウにしても、妻と共同で料理したのであらう。かういふ時、一体厨房の主は、男なのか女なのかといへば、両方だといふことにならう。

男子が厨房にはいつていい時とは、共同して男女が、料理の材料を揃へ、その料理法にも共同してあたるといふ場合であらう。そして一しよに食卓をかこんでその料理を味はふ場合こそ、至福といふことにならう。

腸《はらわた》に春滴《したた》るや粥の味　夏目漱石

花と葉と実の絵に添へて

妄想といふ思想にやられたらしいのだ。 水仙の花冠が
荒れみはじめた
思想なんて死語《ご》を使ふのはどうかなあ せめて〈詩想〉
と緩《ゆる》めてみたら
常陸宮さま周辺より 恐らく 共に 届けられたる 水仙ぞこれ

スイセン
Narcissus tazetta var. chinensis

2015
1
12

尖りたる薔薇の棘ぬる一痛《いたみ》にあればこそなほ
映ゆる花冠は

（さすがに花びら茶いろに枯れて来た）二〇一五年一月大雪

まだみずみずしい花もある

『一花衣《ひとはなごろも》』の紙絆 書き 縫い せつやくに 緋の詞にぞ
逢ひまつりたる

2015/12/4
道で摘んだ
サザンカ
色が出ない

Camellia
sasanqua

園芸種 緋《ひ》の司《つかさ》

坂かけあがる脚すでになき　われのためキャリイバッグ
を求《と》めて来にける

天に拡がるまゆみの朱實《あけみ》　思へどもうつつは寂し
地に腐《くた》れゐて

まゆみ（真弓）

2015/II/17

風の中．千子ちゃん宏

Swany店に

キャリイバッグをおめち

返すから

みちけ

コナラ　コナラ属

Quercus serrata

久しぶりに遊歩道ゆく妻とわれ折々樹々の肌にふれつつ

2015 / I / 26

遊歩路の股間に咲いてゐたからは ただ素心とは
思へなんだよ

ソシンローバイ
素心蝋梅
Chimonanthus praecox f. concolor

経済はりんご栽培者のニュースをみながら感想をいう人たちの言葉の魅力を思った。

複雑な顔をしてゐた冬だつた 去りゆく君よ
またも逢はなむ

2015/Ⅰ/29
昼すぎ
うめ, ウメ サクラ属
Prunus mume

左から考えてみるときは右に傾《かし》ぐって
当然でせう

うめ，白梅

2015
I
30　袍

杢太郎の百花譜に似てヨーロッパ橅の枯葉を画けば偲ばゆ
（あすを偲んだかつてっ）

ヨーロッパ・ブナ
枯葉
2015/1/31

励まされたる後に　何といふことだ　萎縮してしまふ
花びらもある

2015
II
12
紅梅

中間部にやっとあらはるる主題かな
午後に拾ったヨーロッパ楢《なら》の葉

ヨーロッパ
ナラの
枯葉
2015 II 23 写

2015/II/6
スウートピイ

誕生日《バースデイ》に友が持って来て呉れたと云ふ花
抱いて妻、寒さの夕ぐれ

花も実もある噺《はなし》

花のゐない遊歩道へ私は入つていつた
なぜそこだつたのかはわからない
なぜほとんど花が滅んでゐたのか
冬だからなんて詭弁にすぎない

花の代りに小楢《こなら》の堅果が
無数に土を覆ひ皿形の殻斗《かくと》をはべらせて
乾きあがつてゐたのも意外だつた

花の終末が実《み》であるなんて
とても傲慢だと思ふのだよ
私はやはり花の夭折をことほぐ者だ

花はゐない筈の道の果てに　なんと
素心蠟梅の一樹が「よつ」と言つて
薄い黄色のねぎらひを掛けて来たが
老人の鼻はもうその香気を知らないのだつた

神楽岡歌会の百号を記念し新旧の歌を合はせた

越の国小千谷《おぢや》へ行きぬ死が人を美しうするさびしい町だ（96年6月）

小千谷人《びと》来たりて此の歌をとがめたり西脇のことぢやと言ひのがれたり

叱つしつしつしゆつしゆつ、しゆわひるまでにしゆわはらむ失語のきみよ、しゆわひるなゆめ（93年11月）

イツセイ・ミヤケのシャツ着て行けば言ひがたき言の葉いくつ拾ひ上げたる

自然《ナトゥール》に構造を視る意志だが待てよモスバーガーの昼食が先（94年5月）

そこがややややこしいんだ食餌からしたたってくるしづくがしづか

夜なかまで二人の金《キム》をわかち呼ぶ断崖《きりぎし》をよぶ距離かと思ふ（94年7月）

手術待つ身のめぐりのみ現《うつつ》にて亜細亜ばうばうと見えなくなりつ

選択肢に一応入っているけれどオカちゃんを取るのはいないキャンパス（96年4月）

指揮終へて指揮者の握る手のいくつアンコール曲までのつなぎに

蹴球とよばれて路地裏で蹴られゐし、どこでだろ邃《とほ》く変異したのだ（97年11月）

籠球《ロウキュウ》と呼ばれゐし頃　籠《かご》の下に争《あらそ》ふ黒き腕を知らずき

ほのぼのと橋《ポンス》が脳にかがやいて平凡ないつものあさ明けである（99年12月）

解剖学用語のひとつどうしても浮かび来たらずままよ眠らむ

書きそこなふたびに訂正印捺してそれですむのが俺《おら》が日常

『閑吟集』*一〇による折句《アクロスティック》

梅よりもモーリス・ラヴェル駆け寄つた一寸法師花を見上ぐる

花は花いくつも天を仰ぐ白　深いところで咲いたつもりさ

はて右の頬をつねれば鏡では雪焼けのした左辺《さへん》が笑ふ

雨が来るかもしれないと傘もつて出た日の午後は　詩話の快晴

にがにがしい結末であるしかれどもそれに傘などかりてはならぬ

柳の葉銀座の岸にあをあをと在るを見ながら採血されつ

絮《わた》であり筋《すぢ》でもあつた昨日から書きかけてゐる詩論《しろん》は終《つひ》に

はるめいて来《こ》しは昨日の空だつた此のごろ見ないと思つてたら　訃《ふ》！

白梅のりりしき里に帰りけり（横光利一）

風評の被害を憂へ幾つかの詩を書いてたら利一に会つた

にはかにには信じがたしといふ顔を買物籠のよこに並ぶる

詠《よ》む歌は眞《まこと》であると力《りき》みたる夏の朝《あした》をなつかしむ、虚《うそ》

はしり行く車をうしろから見れば釈明のない試論の通過

たつた今わがかたはらにうづくまりゐたる羊が啼いて去りゆく

だめよだめ　言ひながら差す雨傘のやうな女は年とらず逝く

虚《うそ》になる眞《まこと》もありぬ裏庭の闇をこのみて咲ける臘梅

煮《に》合はせた魚と枝豆　今夕《こんせき》は蕪村門暁台《きょうだい》の弟子となるべく

揉上《もみあ》げは剃《そ》らないことに理髪師が同意したあと風が出て来た

まあそこの彼に見倣へ師匠から教はつた術《すべ》すべて忘れよ

るり色を出さうとすればパレットは濁るばかりだ　如月ちかく

ルーツつまり始原つて奴だ暗きよりあらはるる故《ゆえ》信ぜむとする

＊閑吟集一〇

梅花《ばいくわ》は雨に／柳絮《りうじょ》は風に／世はただ虚《うそ》に、揉《も》まるる

移動する書斎の中で心象を写生する

わが知らぬその声はややたかぶりて川口美根子の逝きたるを告ぐ

今一人の声も女人の黄の声の美根子の葬儀にゆくと告げつつ

寒くなるとも言ひ合へる予報士の、常ふたしかに来るのが明日だ

カール・ヒルティ『幸福論』に合はせて歌ふ

曽野綾子さんと私との対談集を読んだ友人がわたしに
カール・ヒルティの影響を感じたと言つた。

「多くの場合に沈黙を守れ。あるいは、必要なことのみ話せ」

話すのが仕事であるが肝や腎の臓器はふかく沈黙したり

「特に必要な場合のほかはなるべく談話に加わらないがよい」

仲間とは話し合ふけど嗅覚の差かなあ談論の悦《よろこ》びはない

「性交を行なう人に対して不機嫌を示したり非難したりしてはならない」
D・LIFE・CINEMAの性交場面あでやかな雌雄の蕊《しべ》の触れあふ音す

「なるべく笑うな、またいろんなことで笑いすぎるのもよくない」
ほんたうに久しぶりだよ妻と声あげて笑ひぬ記憶違ひを

手術待つ鬱憂の日に平田オリザの劇の智恵子に慰められつ

「劇場にたびたび行くことは必要でない」

光太郎にまたがつて進む智恵子より立ちのぼる妖気が見えたのだつた

「手早く仕事をすること。手早く仕上げられた仕事がもっとも効果的だ」

その通りだ。此の散策も無意識のくらがりの葉をゆすりつつ行く

「体系的網羅的なものは大てい虚偽である」

細部そはくれなゐの肉片である。とはいへど体系の美が虚偽だとは？

「真理はどんな部門においても概して単純なものだ」
さうかなあ梅の花弁を素描するたびに新しい花弁が出るけど

「いまを永遠と観じ／永遠をいまと見る／その人は／すべて争いからまぬがれる」
側溝といふのが川に流れ込むしぶきのやうだ　オレンジすする

「序文やまた多くの場合第一章をぬかして読む方が本は読みやすい」

しかし僕は序文と第一章のためゆっくりと熱い栗《くり》を剝きたい

オレンジの囚衣について

二〇一五年一月のある日

オレンジの色の囚衣の映像を折ふしに見て書きつづく　詩を!

ひねもすにオレンジ色の映像を流すほかなきメディアのつらさ

無署名のはがきが届くそれでゐて文章は好意的なる不思議

『宗安小曲集』*一二〇による折句《アクロスティック》

宵だから避けて通りたかつたんだ白梅の花枝ごと剪りぬ

のんびりとアッシジの絵に言ひ及ぶファクシミリ、しかしそれが鳩だな

お遊びのやうに見えててジオツトは小鳥に説話する僧だつた

約束を一つ脱がせて大川の橋の下まで誘ひ出したり

束ねたる髪と束ぬる銀《しろがね》の糸　その蔭の耳は瘻《し》ひたる？

暁の起床のあとの予想では今日わが内《うち》も外《そと》も冷ゆらむ

野ばなしの仔がいくたりもゐる家がわたくしの内にリニューアルせる

脅迫にちかい言葉は近くより来るときにこそ信じやすかり

しづかなる青を背に立つ黒衣なれ左手《ゆんで》のナイフ宙をゆき交ふ

立川の放射線科医師グリーンの一鉢呉れて別れハグせり

てんてんとてんてんてんてんと川岸をころがりてゆく思考の兎

こんこんと湧きて止まざる悔やしさの此の世に生まれ来し山頭火

りんと張る白梅の花黒き枝《え》のいたるところに基地もてりけり

やれば君できるぢやないか黄の長き雄蕊の刺《とげ》に雌抱きしめて

何人も此処へ寄つてはなりませぬ悪意うづ巻く絶賛広場

事件から事案になつた（どこか変）よろこんでらあ花蔭の泥《ひぢ》

＊宗安小曲集一二〇

宵のお約束／暁《あかつき》の脅《おど》しだて／こりや何事

定期検診のために銀座へ

二十年来の主治医で友人S医師の定期検診のために銀座へ

二〇一五・一一・二八

寒くなる予報の中を傘も入れて重きサムソナイトと共に待つバス

しら玉の骨の密度を測るとて踵《かかと》あづけてゐたりけるかも

若人の八割ほどの数値ゆゑ悦ばしとぞ声のきこゆる

あの春に学卆《を》へし医師百人《ももたり》の、今はたらくは君とわれのみ

すぐ前の記憶すらだに消えゆくをいかにかもせむ　妻の母上

着かへれど直ぐ体液のにほひ立つかかる現《うつつ》のいつかは吾に

その母を看て帰り来し吾妻《あづま》よりききながら黙《もだ》すほかなきぞ憂き

寒雀四五羽の影がカーテンの彼方にパンを欲りつつはかな

冬去らむとす

二〇一五年如月

人名がよみがえる夜だ足立《あだち》達《たつ》・高橋《たかはし》智《ち》廣《ひろ》・三浦《みうら》安信《あんじん》

固有名詞の出て来ない日はせめてもっとでつかいものの名よ出よと思ふ

朝空に浸りゐし樹は枝々《えだえだ》を拡げ直して今日を迎へる

ポリデントに浸けたる義歯をはめ直し今日を始める僕に似てゐる

杢太郎の『百花譜《ひやくくわふ》』真似て〈ヨーロッパ橅《ぶな》〉の枯葉を画《か》けば、偲ばゆ

なにを「偲」んだかって?

いや無論くらく濃く立つ葉脈を昔《むかし》通ひゐし水のことさ、ね

複雑な顔をしてゐた冬だつたそのかれが今去らんとぞする

松本健一さんを悼む歌

あなたの若い写真を見つつ思ふのはたとへばヴィヨン*の形見の歌だ

*フランソワ・ヴィヨン、鈴木信太郎訳

思想家だ、思想史家だとかしましい。呼名は美しい家具に似てゐる

しがない一歌人《うたびと》ぼくは美しい家具の隙間を思ってしまふ
間《あひだ》にこそ真《まこと》があるって決めつける気はないんだが（あなたはどうだ？）

『官邸危機』（ちくま新書）をよむ。

官邸を出たのは参与の車だつたつて？帰宅困難者にならずにすんだ

そのあたりの心理がとてもおもしろい。帰宅困難者だつたぼくには

鼠径ヘルニア手術の前に『村上春樹・都市小説から世界文学へ』をよんでゐた。

実にその広く明確な指摘から大きな救済をぼくは得てゐた

小さくても手術の前は不安です。それをあなたはなだめてくれた

ぼくが退院した翌る日の死だつたと知るよしもなく　道の傍《へ》の霜

あなたの北一輝。桶谷秀昭さんの保田與重郎。

タブー視された北や保田にむしろ身の全重量を賭ける見事さ！

ぼくもまた齋藤茂吉を書き続けた。あるいはあなたに学んだのかも

一時、戦犯あつかひだつた齋藤茂吉。
「『追放』といふことになりみづからの滅ぶる歌を悲しみなむか」（茂吉）

深いから正しいってわけはないけれどあなたの刃《メス》は深部探査だ

『北一輝の革命』(For BEGINNERS 103　二〇〇八年)を見つつ。

完読した本ではないが教へられる。昭和天皇に敗れた一輝

イラスト付き、新資料多いスタイルはあるいはあなたの究極の業《わざ》

いづれにせよあなたは永遠に去つたのだ　春花の傍《へ》にぼくは生きてる

松本健一さんの霊に呼びかける　付フランソワ・ヴィヨン

松本健一さん。貴兄と「短歌往来」でやった四回の対談を読み返しているところです。

第一回　パトリ（原郷）としての日本語・短歌（二〇〇四年五月号）
第二回　ことばとテロリズム―短歌は日本のアイデンティティたりうるか（二〇〇五年五月号）
第三回　「私」の終焉から超克へ―齋藤茂吉・三井甲之・村上春樹まで（二〇〇六年九月号）
第四回　社会と短歌のゆくえ（二〇〇九年九月号）

とりわけ、十年前の「ことばとテロリズム」という対談は、現代の「イスラム国―ＩＳ」の事件とかかわらせて読むときに感銘ふかいものがあります。というのも、この十年で、世界も日本も大きく変ってしまったからです。同じように、短歌の総合誌でも、貴兄とあのように率直に語り合えたことも、今では、もう議論できません。これは、わたし個人の問題ではなく、文学芸術をめぐる執筆環境やら、議論のテーマがいちじるしく変ってしまったからです。

変ってしまった、と控え目に言いましたが、つまり、話しにくくなったということです。その意味では、二〇〇五年から二〇〇九年という時に、貴兄と話し、いろいろと貴重な教示をうけたことを、ありがたく思っているのです。

貴兄と初めてお話しし、その講演をきいたのは、いつだったでしょうか。はっきりと記憶しているわけではありませんが、たしか村上一郎さんの死（一九七五年）のあとだったかと思います。八十年代に一度、短歌の世界でも、他ジャンルの人達とさかんに交流するイベントがひらかれました。まだ三十代の若さだった貴兄は、なんの話をしたか、記録を探す余裕はないので明らかでありませんが、たぶん当時タブーだった北一輝を論じて注目を浴びておられたころかと思います。

ところで、第四回目の対談で、河野裕子さんの〈近江にて死なざりしことの口惜しさや湖（うみ）の果て昏く九月に入れり〉をあなたは挙げて、次のように言ってましたね。

「……塚本邦雄さんの死を詠んだ歌なんですね」

「詞書は『塚本邦雄』に成っている。塚本邦雄さんは、男であるということもありますし、あれだけメッセージ性の強い歌を書いたので、自然と一体化する様な歌は少ないと思うんです。ところが、河野さんの方はまさに女性であるから（中略）人生の生き方とお母さんが死んで行くという事、それがまた自然なんだという形で詠っているのが『母系』という歌集のほとんどですね」

わたしはそれに「うんそうです」と答えました。

松本　ところがその中で、これだけが、近江で死ななかったという塚本さん。
岡井　それが、惜しい。
松本　そうそう。惜しいんですね。
岡井　これは塚本さんに河野さんがある程度感情移入してるんだね。
などと続けました。
　フランソワ・ヴィヨンを出しても、博識で詩歌にもくわしい貴方は、眉一つ動かすこともないと思うので、ヴィヨン形見の歌の一節をかかげて、わたしの弔詞をしめくくります。

われは、フランソワ・ヴィヨン、学徒也《なり》。
落着きはらつて想ふやう、
馬銜《くつばみ》嚙《か》んで、一心に、傍目もふらず、
己が所行を　顧《かへり》みよう、
羅馬《ローマ》の賢人、大学者
ヴェジェスの書《ふみ》にあるやうに、
然《さ》もなくば、身の過《あやま》ちの因《もと》となる……

昏い入り口

ここでカラーコピイをしてる花の絵のなかでも好きな　梅のしろはな

ノアのあの方舟に乗りや新しく拡がるのかも神話の午後が

刃《は》は右の耳のあたりに当てられて行け　目的は夕日が丘だ

肴《な》はあれど酒のまぬ故むらぎもの心のうちにぽつんと在る籠《こ》

梅の花を見に行つてから二時間だ入り口つていつも昏いんだなあ

憎しみの作る表現を凍結し夜半ふかく解凍するのが常だ

超音波が歯肉を洗ひつづくる間《ま》わたしは門につき考へ続けた

透きとほる門。が囲んだ此の山をわたしはそろそろ降りねばならぬ

冬だつて戸惑うだらう去つてゆく間際に愚痴を聞かされてては

第七の孤獨

二〇一五年彌生

接写して動くカメラがあるときはその間《かん》笑顔を絶やしてはならぬ

第七の孤獨のうちに棲みながら紅梅の花ふふみ初めたる

肉落ちて浅谷《あさだに》なせる胸骨を汗は流れてゐたりけるかも

「子」の題詠

弟子たちの騒ぎ合ひつつ帰りくる夕道に差せ月光の棘《とげ》

こまやかな合意文書の作成に入つたやうだ紅茶配らる

といつたやうな場面《シーン》がやや遠く見え初《そ》めてゐて　さて桃の花

虚と実と、その中間に鳥が居る夕ぐれの椋鳥《むく》のやうに騒《さや》いで

言の葉の上を

言の葉の上を這ひずり回るとも一語さへ蝶に化けぬ今宵は

化の題詠

桃なんてまだ気が早い吹きすさぶ（筈だ）春一番の中の白梅

おどろいてゐる人もある喜んで呟く人も富士は夕景

詩句つてさ詩節を作る。詩節こそ定型を産む。側室の腹？

ドイツ語の辞書を引きつつおとろへし学の力の崖に来てゐた

日向から日蔭に移る。反対に、日蔭から出る、そんな決意さ

「風立ちぬ*」ヴァレリイの詩句、それだつて忘れ果ててゐた　老人われは

*宮崎駿の最後の作品

悲しんで便座に坐つてゐた時が昨日のまさに真央《まんなか》の刻

まだ信じ来れないでゐた訃報だが冬に入る予報、でもあつたのだ

私の昭和二十年、を問はれて

二〇一五年卯月

名古屋市の城の東の主税町《ちから》つてところでＢ29の大空襲に遭つたのは昭和二十年三月十九日。焼夷弾のため顔面を火傷し戦意を失つたまま三重県四日市近在の農家に縁故疎開したのは十七歳の時だつた。母と妹と三人農家の離れに住んだ。父は仕事のため東北地方へ出張し弟は学徒動員の工場の寮に居た。わたしが歌を作り始めたのはその農家の離れの部屋であつた。一枚の野と田と畑の中に川が流れてわたしの心を抒情へとさそつてゐた。

私にまでこの質問の矢が来《く》とは思はなかつた　掌《て》もて防がむ

或る状況の終りはつねにあらたしき状況《ステート》の始め　乱れざらめや

のんびりとした一枚の野の果ての鈴鹿《すずか》山系に入り日が落ちた

仕方がない負けたんだから三滝川《みたきがは》の水で夕ぐれは足を洗つた

われわれはわれわれであり母家《おもや》とは違う疎開《そかい》者の鍋を囲んだ

充分な食ひもののある朝は戸を戸袋に送りこんだ雨戸を

ではあるが母はいつしか農耕者めいてゆきわたしは異をとなへてた

性欲もさざめいてゐたあの村の二枚の布にくるまれてゐた

白鷺が夕べは北へ群らがつて渡る白鷺の邦ではあつた

GI《じいあい》の噂は立つがまだこんなところまでは来《こ》ぬ鷺の立つ里

根のふかい懐疑は海へ逃げてゆきわたしはアララギ派の歌人になつた

野分け来てまた野分け来て弟と言ひ争ひし日本の未来

わたくしはしばしば母を批判した肉体を持つのが悲しくて

戦ひの終りが平和の始めではなかつた。今もそれは同じだ

金沢への旅のあとさき

二〇一五年卯月

刹那刹那をこまかく分けた刹那なる火をばまたげば紫木蓮咲く

うつくしき形容詞 schön《シェーン》 の格変化となへて眠る春のあけぼの

しろがねの『漱石・子規往復書簡集』にがばと身をおこすうたがひ蛙《がへる》

さびしさの糸魚川《いといがは》すぎ前方に待ち受けをらむ蛇《へみ》の口見ゆ

金沢の驛《うまや》を出でてひろげたる傘こそわれを行かしめにけり

四高《しかう》ではない四高《よんかう》の旧館を旧八高生《はちかうせい》われ　呻吟《さまよ》うてゐた

就中《なかんづく》　泉鏡花だ　永遠にweiblich《ワイブリヒ》なるものに引かれか行かむ

噂の花

昼すぎてわが裡に渦巻いてゐた水　側溝へ落ちゆく　哀れ

★

今年またレモンの花がわれわれの噂をきいて（だらう）笑《ひら》いた

朝のクラシックで中村紘子を見ながら

白い指が鍵盤の上を這つてゐる。今日一日《ひとひ》空は愚図つくだらう

真面目に弾くピアニスト。でも真面目には聞いてないぼくがわかる、悲しい

昭和九十年の昭和の日に

五つあるなかの三つを取り分けて昭和の楯《たて》の北側に置く
　指で押す『喚喩詩学』や月おぼろ

昭和とは頌和であつて情話でもあつた　入試に出たぼくの歌
　仕事より報酬をこそ　白つつじ

新米の古参になりて菜種梅雨
明治一五〇年とぞ欧風の食卓にのり白米、苦笑

藤さかり蜂むらがれる暑さかな
選ばむか宮沢賢治の歌と詩を、八十八夜の新茶来ぬまに

大正を引き寄せて書くうすぐもり対象は鷗外晩年の歌
夏日《なつび》までに幾度寝返りを打つならめ

すぐ前の戦争とその後に来し大戦、などと今なら言へるが
遠いニュース近い睡魔やレモン咲く

夏服を買ひに出る日の肌寒く

昭和一桁なんていふ通称も塩重ければ野菜から食ふ

昭和三年生まれだから、昭和の塩味は充分に味はつて来てゐる。とはいへ、辛うじて生き残つた残党としては却つて感慨も淡い。といふのは昔噺をする習慣もなく相手もゐないからなのだらう。むしろ大正でいへば一〇五年か、と思つて、鷗外や茂吉や杢太郎のことを調べてたのしんでゐる毎日だ。寂しさを感ずるには年をとりすぎてゐるんぢやないか。

附録

木下杢太郎生誕一三〇年没後七〇年に思うこと

　木下杢太郎の「生誕一三〇年・没後七〇年」だと聞いて、先ず思うのは、杢太郎の生涯よりも長い時間が、その没後に過ぎてしまったという事実である。ということは、杢太郎の存在とか、その文芸に熱い思いを寄せていた、いわゆる杢太郎好き、杢太郎ファンの人達も大方世を去ってしまったということである。杢太郎の死んだのは、終戦の年昭和二十年（一九四五年）の十月十五日であった。もしも戦後社会に杢太郎が生き延びて何か発言することができたら、きっと重みのある、他の人とは違う示唆を日本人に与えただろうに、と思った人は、当時は何人もいたのである。残念なことであったが、わたしなど杢太郎研究家としては、「杢太郎さんは何か言っただろうか。それまでの言動からみて、暫らく沈黙し続けたかも知れぬ」などと考えたりしたのであった。

　昭和二十年十一月に出た「文藝」（十二月号）という雑誌は、表紙にはそうはっきり銘を打ってないが、今風にいえば「木下杢太郎追悼号」である。A5判とA6判の中間位の大きさの変型判で、わたしはわたしの近代文学研究の師であり友人でもある久保忠夫さん（東北学院大学名誉教授）からいただいて机辺に置いている。李太郎ファンの代表でもある野田宇太郎の編集になる、この特集は、雑誌の八十八頁（全一二八頁）を費している力作である。

今まで、充分にこの追悼号を紹介することをしてこなかった悔いが、今ひたひたとわたしの心に押しよせている。李太郎自身のスケッチも、自画像（一九一〇年）を含めて何枚も使われている。

まだ李太郎の全集も出てなかった時代で「藜園雑記」（遺稿）が巻頭に一段組みで組んであるし、執筆陣も、齋藤茂吉、日夏耿之介、新村出、幸田成友、石田幹之助、富本憲吉、兒島喜久雄、吉井勇、阿部次郎、中野重治、長田秀雄といった人達で豪華だ。といってもこれは当然なので、六十歳という、今なら若すぎるといわれそうな年齢で逝けば、友人を含めて同時代を生きた連中は大方生存している。だから親味のある、それだけに率直な発言が追悼号にもあつまる。現代のように超高齢の死者について、はるか年少の後輩たちが賛辞ばかりの追悼文を書くのとは違うのだった。

七十年という歳月は、人間の年齢からみれば、老年に入ったということである。文芸の研究あるいは研究家も、年齢《とし》をとってしまったということだ。このごろ世に唱《とな》えられているように「近代文学は滅んだ」というのが本当なら、近代文学研究も、すでに亡くなったものについての追悼記ということになる。

神奈川近代文学館でも痛感しておられるように一般の人向けの企画がどうしても主になるのは止むをえない。いつぞや斎藤茂吉について同館で話をさせて戴いたが、わたしも当然そのことを意識して話した。聴衆には茂吉についてよく知っている人も少数おられるが、他方、「なあんだ、どくとるマンボウの親父さんなのか」などと呟く人もいる。そうした人にも、丁寧に対応しなければならなかったのだ。

たとえば、岩波文庫では、木下杢太郎関係の本は、四冊出ていた。『木下杢太郎詩集』（一九五二年、河盛好蔵選と解説）『南蛮寺門前　和泉屋染物店　他三篇』（一九五三年、山本二郎解説）『新編百花譜百選』（二〇〇七年、前川誠郎編、解説）『五足の靴　五人づれ著』（二〇〇七年、宗像和重解説）の四冊で、最後のは杢太郎の単独著書ではない。

詩集と戯曲集とは六十年ほど前の出版で、まずは順当としても、没後六十年にして出た『新編百花譜百選』になると、なぜこれが原色版でいま出たのか、嬉しいには違いないが、多少戸惑いも覚えたものだ。

これは杢太郎（太田正雄）が、胃癌で死去するまで二年間ほどのあいだに写生した、ごく身近な植物の彩色画である。花ばかりでなく紅葉もあれば果実もある。終戦に至る二年でもあるから、そこに付記された日誌風の短文も大きな意味をもっている。

わたしは、同じく岩波書店から一九八三年に大版（原寸大）で出た『百花譜百選』（澤柳大五郎選と解説）と読みくらべながら、この前川版の文庫本を見ている。

なかなかこうした植物図譜の形をとった作品の解説はむつかしい。前川氏も苦労しておられる。杢太郎の生涯を知れば知るほど、こうした写生図譜の一般向けの解説は困難だ。

文庫本ということでいえば『ゲーテ形態学論集・植物篇』とか『シーボルト日本植物誌』とかはどちらもちくま学芸文庫で、植物の図譜（後者は原色刷）がたくさん入っている。それと『百花譜百選』を比べて考えると、またちがった感想が出て来る。

わたしは『木下杢太郎を読む日』（二〇一四年、幻戯書房）を出したあとも、少しずつ杢太郎を読みすすめているが、是非、研究家の仕事を一般向けにくだきながら書いて、現代の杢太郎ファンが一人でも多く生まれるよう、努力してゆくつもりなのである。

「前衛再考」を話題にしたおしゃべり

A　前衛短歌って無論人がつけたニックネームさね。アヴァンギャルドと〈短歌〉はもともと矛盾する存在なのを、たぶん杉山正樹が作った詩語みたいなものさ。前衛三人男ってのも人の囃子《はやし》だが。

B　それに乗って多少はしやいでみたんぢやないの。

A　まあね。悪口ばかり言はれてたんで、たまには囃子に乗るのもいいかつて思つたんだ。

B　前衛女衆《をんなしゆう》は、それにしても堂々たるもんだね。齋藤史、葛原妙子、森岡貞香から河野愛子にいたるまで。安永蕗子や山中智恵子は、また別に考へてもいいが。

A　君、気がついてゐるかい。前衛短歌の塚本邦雄と、ぼく、岡井が発見した女人たちに共通するものがあるだらう。

B　なんだらう。

A　軍《ぐん》さ、一つは。陸軍といふ戦時の超越的な階級。史《ふみ》はいふまでもなく二・二六事件の齋藤瀏の娘。貞香の亡夫も軍の高官になるべき一人、愛子の夫も陸軍参謀本部の若い要員だつた。もう一つは、医者つてことだ。葛原妙子なんて、風貌も存在感も、貴族階級人だが、その蔭に、医院をいとなむ夫がゐた。

B　さう言へば、史も信州へ行つてから夫と共に医院を営んだね。往診がへりに事故死した医師浜田到も、塚本が選んだ「極」の大事なメンバーだつた。そして君も医師だ。

A　ぼくみたいな、本来なら工学部応用化学科へ行つて父を継ぐべきところを、まちがつて、軍隊のがれつていふ時代背景もあつたし、父の指示もあつて妥協して成つた医家といふのは、問題にならない。植物学や気象学が希望だつたんだ。

B　それでも塚本さんは、君のことRyu《リユウ》と呼んでアルジェリアの社会派の医師に擬した。カミユの『ペスト』さ。

A　あの辺がかれの、理想派らしい、また、浪漫派らしいところでもあるし、「病む人われは」の側から見てゐる医家といふこともあらうね。医といへば当然癒される側の「病む人われは」の「病む人」が重なつてくるよね。

B　軍。陸軍だけど、それと医。権威と力に囲まれた相手に対して、編集者にして作家の中井英夫はバロン（男爵）と呼ばれてゐたし、共通の友人の俳人高柳重信は『伯爵領』を書いて伯爵を名乗つた。みんな立派な平民出身なのにね。

A　むろん、ぼくと塚本君（と呼んでゐたが）のあひだの隠語《いんご》さね。戦後民主主義の時代にわざと時代離れしてみせたともいへる。

B　病む人といへば修司（修ちやんと愛情こめて呼ばれてゐたときくが）も最初からネフローゼを「病む人」として現はれたんだね。

A　そして、最後に彼に会つたのが、北川透をまじへての「現代詩手帖」の座談会——それも奇しくも明治の「病む人」であつた石川啄木がテーマだつたのだが——の時だつた。むくんだ脚をぼくに診せながら腎不全の話なんかした後、タクシーをよびとめてゐた長身の彼の横顔が忘れられない。

B　ふり返つてみれば、当時日本人の死因の一位を占めて国民病といはれてゐた肺結核が、まさに治る病気に変つていく——それは抗生物質の登場によるものだが、その歴史的な転換期が、いはゆる前衛短歌運動の時期に重なつてゐたわけだ。

A　俳句と短歌が接近し、たとへば山口誓子や石田波郷の句を、肺結核患者であつた相良宏と熱つぽく語るところから、僕の短歌は始まつてる。論敵であり友人でもあつた瀧沢亘もやはり肺結核で四十歳で死んだんだ。

B　さきほどの話につなげると、齋藤史から安永蕗子にいたる女人たちの存在が、発見者である塚本やきみなどに大きな相互影響を生む。前衛短歌を文学運動とかりに呼ぶなら、三人男だけのそれぢやないつてことになる。あれと同じで、誓子や波郷は、君にとつて単なる他ジャンルの詩人ではなかつた。塚本邦雄にとつての草田男もさうだ。

A　同じくかれがぼくに教へた、谷川雁や吉岡實や石原吉郎の詩の同時代性なんてのも、単なる知識ではなかつたわけだ。同時代の、すべてのジャンルにわたる、発見者と発見される者の相互影響つてのは「最前衛」を名乗る「率」の人達にも当然通ずるんではないか。

それと、これは、小さいことかも知れないが、ぼくと塚本さんとが、バルザックやスタンダール以上に好んで話題にしてゐたプロスペル・メリメなんかも、当時の翻訳ものの世界の中では変り種で注目していい。

○

A　この間、構造主義の元祖、フェルジナン・ド・ソシュールに会つたよ。

B　夢の中でかい。

A　いや、直接会つた。ぼくは鷗外の詩集『沙羅の木』の分析を毎日書いてゐるから、毎晩のやうに、軍服を着て軍刀《ぐんたう》をさげ市電（路面電車）にのつてゐる鷗外に会ふ。あるいは『百花譜』（岩波文庫）のもとになるスケッチを東大構内でやつてゐる木下杢太郎にも会ふことがある。

B　ソシュールは日本語を話したか。君にフランス語が出来るとも思へないが。

A　相手は比較言語学の大家だ。十箇国語ぐらゐはしやべるうちに、日本語も入つてゐた。ステテコみたいなものをはいて、素朴な老人だつた。

B　それでなんの話をしたんだい。

A　ここではオーロラが見えて日が沈まないんですよねつて言つたら「君、なにをねぼけてるんだ。ここはスヰス。ローマン・ヤーコブソンの北欧とまちがへてるんぢやないの」なんてお冠りだつた。自分が死んでから四十年もあとに起きた日本のささやかな文学運動にも気をくばつてゐて、「韻律論や意味論はむろん大切さ。初句七音化とか、句またがりで新しい韻律が生まれたのもたしかだ。しかし、定型を守りぬいて、初句は五音でまたがりを拒否するといふ道もある。古楽器を忠実にあやつつてバッハの無伴奏チェロ組曲を演奏することに専念し習熟すれば超前衛の音楽が鳴るみたいなものさ。ところで、どうせプラハ学派をいふなら、B・ハブラーネック(一八九三―一九七八年)なんかの『詩の言語の研究』に目をくばつたらどうかね」なんて言つてた。「言語は単に意味や韻律を伝達する目的だけにあるのではない。美的機能は言語ではどう表現されてるかが大事だ」として文語の研究なんかやつたハブラーネック。かうなるともうぼくなんかお手あげで、ただこの老学者のいふことに耳を傾けるばかりだつた。

B　ところで最近、詩人の関口涼子さんに会つたつてきいたが、どんな話をしたの。

A　二年ぶりに会つたんだが、彼女は、メディチ家の館《やかた》(ヴィラ・メディチ)を一年ぶりに去つてパリへもどり今度里がへりして日本へ来たんだ。いよいよ魅力的な女性になつてをられた。

B　そんな話がききたいんぢやないよ。一年間彼女と詩と短歌のコラボレーションをやつて、きみになにか新しいものが生れたかい。

A　短歌定型をたえず他の詩型、また散文と対立させたり和合させたりする作業は、むろん新前衛にも必要さ。しかし、根本にあるのは詩歌の愉しさだらうね。新しくなるためにやつてるんでもないし「最前衛」を張るためにやつてるんでもない。苦しいけど結果は愉しいつていふのが、詩歌の本質だと思つてゐるよ。

小笠原鳥類詩集の賛

一九七七年水族館で生まれたという鳥類さんはいわゆるゼロ年代詩人の一人　近代詩から深く学んだあと　戦後詩がゆっくりと亡び去るのを見ながら　多くの動物をテレビという水槽の中ではじめて知りかれらがふたたび詩の文字の色彩に染められて生きかえることはできないかと思ったのだから真っ当な詩人だ　自分の名前に因んだ〈新鮮な生命の複合体〉であるキレンジャクやヒレンジャクを創出して小笠原流生物詩図鑑を編みつつあるときく　一匹の魚や一羽の鳥に支配される地球の裏側まで行ったらしくて時々姿を消すこともあり　海底の泥を蹴立てて白色のまた紅色の馬となって　一瞬われわれの目の前を横切ることがあるから油断はならない

あとがき

この本は、一見すると、きはめて形而下的な契機によつて成立したやうに見える。たとへて言へば、二〇一四年十一月二十一日に作者は、宿痾ともいふべき左鼠径部ヘルニアの手術をうけたが、その前と後の作品を並べてゐる。無論、さう読んでいただいて何ら差し支へはない。

しかし、詩歌といふのは、さういふ形而下的な動機を超えて動くものだ。前歌集『銀色の馬の鬣《たてがみ》』の後半部あたりで作者は、それまで長く続けて来たいくつかの仕事を辞めたため、執拗な〈老《おい》〉の桎梏から少しづつではあるが、逃れることができたみたいだつた。

そのためもあつて、詩や歌をつくる悦び——といつたつて、ささやかな、一瞬のものであるが——を覚えるやうになつた。

どうやらその流れが、この本の底のところで、ささやかな響きを立ててゐるやうに作者は思つてゐるのだが、錯覚であらうか。

二〇一四年の年末になつて、福岡市にある書肆侃侃房の田島安江さんから同社の「現代歌人シリーズ」への参加をすすめられた。最少でも二百首の歌集原稿を二〇一五年四月末ごろまでに編むことになつた。

田島さんとは、その後お会ひして、歌数にはさうこだはらなくてもいいこと、詩や散文も入れて、愉しい本を考へてもいいことなど示唆をいただいた。

附録として、『木下杢太郎「生誕一三〇年没後七〇年」に思うこと』を入れたのは、杢太郎の遺著「百花譜」の真似をして水彩画を画いた一時期があつたからだ。今、わたしは「それぞれの晩年」と題して「森鷗外の晩年」を「未来」に連載してゐる。鷗外の詩集『沙羅の木』（大正四年、一九一五年刊）の一作一作の評釈を試みてゐる。それが終れば、また杢太郎の晩年を書く予定にしてゐる。その時のために『百花譜』を眞似てみたのであつた。

この本の詩歌と並行して、わたしはもう一つの連載評論を書いて来た。それは「短歌」（KADOKAWA）に毎回十二枚づつ書いている「詩の点滅」で、現代詩と現代短歌の間柄を探る試みである。附録に、「前衛再考」を話題にしたおしやべりや「小笠原鳥類詩集の賛」を入れたのも、「詩の点滅」のテーマと無縁ではないであらう。

二〇一五年四月二十七日

追記

「花と葉と実の絵に添へて」は、ご覧の通り、ノートをそのまま再現したのであるから、既発表の歌(たとへば「水仙と霜」も入つてゐるし、本書初出の歌も混じつてゐることを、おことわりしておきたい。なほ「後藤けんニ殺害のニュースを云々」の一行は歌ではなく、散文的メモである。

☆

この本のタイトルは、田島安江さんのご提案に従つて、選んだ。その外、本の全体の構想については、田島さんからは、細かい示唆をいただいた。深く感謝してゐる。

二〇一五年六月十五日

初出一覧

朝食のあとで	「未來」二〇一四年十月号
好きと嫌ひと	「未來」二〇一四年十一月号
松にまじりて傘寿皇后のピアノを聴く	「未來」二〇一四年十二月号
亡き弟の霊と対話しつつ過ぎた、手術の前と後	現代詩手帖二〇一五年一月号
小手術の前と後	「短歌」二〇一五年一月号
オフィチウムを聴きながら作つた歌	「歌壇」二〇一五年一月号
空白を乗せた列車	「未來」二〇一五年一月号
ライヴァル考	神楽岡歌会一〇〇回記念誌
水仙と霜	「未來」二〇一五年二月号
暮れてゆくバッハ	「短歌研究」二〇一五年五月号
男子厨房に入る時	「短歌研究」二〇一五年五月号
花と葉と実の絵に添へて	未発表
花も実もある噺	未発表
神楽岡歌会の百号を記念し新旧の歌を合はせた	神楽岡歌会一〇〇回記念誌
『閑吟集』一〇による折句《アクロスティック》	未発表
移動する書斎の中で心象を写生する	未発表
カール・ヒルティ『幸福論』に合はせて歌ふ	未発表

オレンジの囚衣について	未発表
『宗安小曲集』二一〇による折句《アクロスティック》	未発表
定期検診のために銀座へ	未発表
冬去らむとす	「未來」二〇一五年三月号
松本健一さんを悼む歌	「短歌往来」二〇一五年四月号
松本健一さんの霊に呼びかける　付フランソワ・ヴィヨン	「短歌往来」二〇一五年四月号
昏い入り口	未発表
第七の孤独	「未來」二〇一五年四月号
言の葉の上を	未発表
私の昭和二十年、を問はれて	「現代短歌」二〇一五年五月号
金沢への旅のあとさき	「未來」二〇一五年五月号
噂の花	「未來」二〇一五年六月号
昭和九十年の昭和の日に	「短歌」二〇一五年六月号

附録

木下杢太郎生誕一三〇年没後七〇年に思うこと	神奈川近代文学館第一二七号（二〇一五年一月十五日）
「前衛再考」を話題にしたおしゃべり	率七号（二〇一四年十一月）
小笠原鳥類詩集の賛	小笠原鳥類詩集（現代詩文庫）帯文

■著者略歴

岡井隆（おかい・たかし）

1928年　名古屋市生まれ。
1945年　17歳で短歌を始める。
1946年　「アララギ」入会。
1951年　現在編集・発行人をつとめる歌誌「未來」創刊に加はる。
　　　　慶應義塾大学医学部卒。内科医。医学博士。
1983年　歌集『禁忌と好色』により迢空賞受賞。
2010年　詩集『注解する者』により高見順賞を受賞。
　　　　『『赤光』の生誕』など評論集多数。
1993年より宮中歌会始選者を21年間つとめた。
2007年から宮内庁御用掛。日本藝術院会員。
2020年7月10日0時26分、心不全のため死去。

「現代歌人シリーズ」ホームページ　http://www.shintanka.com/gendai

現代歌人シリーズ6

暮れてゆくバッハ

二〇一五年七月三十一日　第一刷発行
二〇二〇年七月三十一日　第二刷発行

著　者　岡井隆
発行者　田島安江
発行所　株式会社　書肆侃侃房（しょしかんかんぼう）
〒八一〇・〇〇四一
福岡市中央区大名二・八・十八・五〇一
TEL：〇九二・七三五・二八〇二
FAX：〇九二・七三五・二七九二
http://www.kankanbou.com　info@kankanbou.com

DTP　黒木留実
印刷・製本　アロー印刷株式会社

ISBN978-4-86385-192-4　C0092

現代歌人シリーズ

現代歌人シリーズ

四六判変形／並製

現代短歌とは何か。前衛短歌を継走するニューウェーブからポスト・ニューウェーブ、さらに、まだ名づけられていない世代まで、現代短歌は確かに生き続けている。彼らはいま、何を考え、どこに向かおうとしているのか……。このシリーズは、縁あって出会った現代歌人による「詩歌の未来」のための饗宴である。

1. **海、悲歌、夏の雫など**　千葉 聡　144ページ／本体 1,900 円＋税／ISBN978-4-86385-178-8
2. **耳ふたひら**　松村由利子　160ページ／本体 2,000 円＋税／ISBN978-4-86385-179-5
3. **念力ろまん**　笹 公人　176ページ／本体 2,100 円＋税／ISBN978-4-86385-183-2
4. **モーヴ色のあめふる**　佐藤弓生　160ページ／本体 2,000 円＋税／ISBN978-4-86385-187-0
5. **ビットとデシベル**　フラワーしげる　176ページ／本体 2,100 円＋税／ISBN978-4-86385-190-0
6. **暮れてゆくバッハ**　岡井 隆　176ページ（カラー16ページ）／本体 2,200 円＋税／ISBN978-4-86385-192-4
7. **光のひび**　駒田晶子　144ページ／本体 1,900 円＋税／ISBN978-4-86385-204-4
8. **昼の夢の終わり**　江戸 雪　160ページ／本体 2,000 円＋税／ISBN978-4-86385-205-1
9. **忘却のための試論** Un essai pour l'oubli　吉田隼人　144ページ／本体 1,900 円＋税／ISBN978-4-86385-207-5
10. **かわいい海とかわいくない海 end.**　瀬戸夏子　144ページ／本体 1,900 円＋税／ISBN978-4-86385-212-9
11. **雨《ふ》る**　渡辺松男　176ページ／本体 2,100 円＋税／ISBN978-4-86385-218-1
12. **きみを嫌いな奴はクズだよ**　木下龍也　144ページ／本体 1,900 円＋税／ISBN978-4-86385-222-8
13. **山椒魚が飛んだ日**　光森裕樹　144ページ／本体 1,900 円＋税／ISBN978-4-86385-245-7
14. **世界の終わり／始まり**　倉阪鬼一郎　144ページ／本体 1,900 円＋税／ISBN978-4-86385-248-8
15. **恋人不死身説**　谷川電話　144ページ／本体 1,900 円＋税／ISBN978-4-86385-259-4
16. **白猫倶楽部**　紀野 恵　144ページ／本体 2,000 円＋税／ISBN978-4-86385-267-9
17. **眠れる海**　野口あや子　168ページ／本体 2,200 円＋税／ISBN978-4-86385-276-1
18. **去年マリエンバートで**　林 和清　144ページ／本体 1,900 円＋税／ISBN978-4-86385-282-2
19. **ナイトフライト**　伊波真人　144ページ／本体 1,900 円＋税／ISBN978-4-86385-293-8
20. **はーはー姫が彼女の王子たちに出逢うまで**　雪舟えま　160ページ／本体 2,000 円＋税／ISBN978-4-86385-303-4
21. **Confusion**　加藤治郎　144ページ／本体 1,800 円＋税／ISBN978-4-86385-314-0
22. **カミーユ**　大森静佳　144ページ／本体 2,000 円＋税／ISBN978-4-86385-315-7
23. **としごのおやこ**　今橋 愛　176ページ／本体 2,100 円＋税／ISBN978-4-86385-324-9
24. **遠くの敵や硝子を**　服部真里子　176ページ／本体 2,100 円＋税／ISBN978-4-86385-337-9
25. **世界樹の素描**　吉岡太朗　144ページ／本体 1,900 円＋税／ISBN978-4-86385-354-6
26. **石蓮花**　吉川宏志　144ページ／本体 2,000 円＋税／ISBN978-4-86385-355-3
27. **たやすみなさい**　岡野大嗣　144ページ／本体 2,000 円＋税／ISBN978-4-86385-380-5
28. **禽眼圖**　楠誓英　160ページ／本体 2,000 円＋税／ISBN978-4-86385-386-7
29. **リリカル・アンドロイド**　荻原裕幸　144ページ／本体 2,000 円＋税／ISBN978-4-86385-395-9

以下続刊